SUCCESSION DE MADAME M***

COLLECTION DE MONSIEUR STumpf.

BEAUX TABLEAUX MODERNES

fr. 63.515

CATALOGUE

DE BEAUX

TABLEAUX MODERNES

PAR

Boudin, Chaplin, Corot, Courbet, Jules Dupré, Isabey, Jongkind, Palizzi, Ribot, L. Richet, Veyrassat, Vollon, etc.

PROVENANT

DE LA SUCCESSION DE MADAME M***

ET

De la Collection de Monsieur St*** ÜMPF

DONT LA VENTE AURA LIEU

HOTEL DROUOT, SALLE N° 7

Le Mardi 27 Novembre 1894

à 3 heures

PAR LE MINISTÈRE DE

Me LÉON TUAL	**Me JULES PLAÇAIS**
COMMISSAIRE-PRISEUR	COMMISSAIRE-PRISEUR
56, rue de la Victoire, 56	29, rue de Maubeuge, 29

ASSISTÉS DE

M. MAURICE MALLET, Expert

13, rue du Helder, 13

EXPOSITION PUBLIQUE

Le Lundi 26 Novembre 1894, de 2 heures à 6 heures

CONDITIONS DE LA VENTE

La vente se fait au comptant.

Les Acquéreurs paieront CINQ POUR CENT en sus des enchères, applicables aux frais.

Paris. — Imprimerie de l'Art, E. MOREAU et Cie, 41, rue de la Victoire

DÉSIGNATION

TABLEAUX

SUCCESSION DE MADAME M***

BOUDIN

1 — *Bords de rivière.*

A gauche, une rangée de peupliers longeant la berge; à droite, des barques amarrées.

Effet de soleil levant.

Signé à gauche.

Toile. Haut., 43 cent.; larg., 63 cent.

CÉSAR DE COCK

2 — *La Remise aux chevreuils.*

Signé à gauche.

Toile. Haut., 50 cent.; larg., 70 cent.

CORMON

3 — *Portrait.*

Haut., 88 cent.; larg., 70 cent.

COROT

4 — *Environs d'Étretat.*

Un coteau boisé dominant la mer descend en pente douce au fond d'un vallon verdoyant, où sont groupées quelques maisonnettes couvertes de chaume.

A gauche, une paysanne, un seau à la main, revient de puiser de l'eau; à droite, une jeune femme, son enfant sur les bras, regarde une fillette en train de cueillir des fleurs dans la prairie.

Le ciel, où flottent de beaux nuages blancs, apparaît au-dessus de la mer et à travers le feuillage frissonnant des peupliers.

Signé à gauche.

Toile. Haut., 45 cent.; larg., 61 cent.

CORTÈS

5 — *Vaches au pâturage.*

Signé à gauche.

Toile. Haut., 37 cent.; larg., 64 cent.

COURBET

(GUSTAVE)

6 — *Cour de ferme près d'Étretat.*

De grands arbres touffus ombragent les bâtiments de la ferme et le hangard placé à gauche, en ne laissant voir qu'un coin de mer.

De puissants rayons de soleil traversent le feuillage et répandent sur le sol de longues traînées de lumière.

Signé à gauche.

Toile. Haut., 42 cent.; larg., 60 cent.

DUPRÉ

(JULES)

7 — *Le Matin.*

A gauche, sur le bord d'un étang, s'élève un bouquet d'arbres qui se détache sur un ciel nuageux.

Un pêcheur, dans son bateau, gagne la rive opposée, bordée de saules. Au fond, une chaumière dans un massif de verdure.

Grande impression de fraîcheur.

Signé à gauche.

Bois. Haut., 31 cent.; larg., 50 cent.

DUPRÉ

(JULES)

8 — *Le Soir.*

Le soleil se couche dans les nuages et enveloppe le ciel et tout le paysage d'une lumière chaude et dorée.

Au centre, trois vaches conduites par un paysan descendent un talus pour aller boire à la mare qui occupe le premier plan. Sur la gauche, une masse d'arbres; au milieu et à gauche, quelques chaumières.

Signé à gauche.

Bois. Haut., 31 cent.; larg., 50 cent.

PALIZZI

(J.)

9 — *La Sortie du parc à moutons.*

Le berger vient d'ouvrir la porte du parc, et tout le troupeau s'écrase à la sortie malgré ses efforts pour maintenir l'ordre.

Effet de soleil dans un chemin creux, sous bois.

Signé à gauche.

Toile. Haut., 52 cent.; larg., 64 cent.

PALIZZI

(J.)

10 — *Halte sous bois.*

Un cheval blanc et plusieurs ânes, éclairés par le soleil levant, sont arrêtés au bord d'une rivière ombragée, en attendant qu'on les charge de fagots.

Signé à droite.

Toile. Haut., 1 m. 5 cent.; larg., 1 m. 35 cent.

PALIZZI

(J.)

11 — *Mouton broutant un arbuste.*

Signé à droite.

Toile. Haut., 27 cent.; larg., 35 cent.

PALIZZI

(J.)

12 — *Bélier dans la campagne.*

Signé à droite.

Toile. Haut., 40 cent.; larg., 54 cent.

PALIZZI

(FILIP, frère de JOSEPH)

13 — *Intérieur d'une étable.*

Signé à gauche.

Toile. Haut., 35 cent.; larg., 55 cent.

RIBOT

(TH.-AUG.)

14 — Sous ce numéro sont catalogués cinq panneaux décoratifs, dont quatre représentent *les Quatre Saisons*, et le cinquième un *Goûter champêtre.*

Ces toiles, interprétées dans le sentiment de Watteau, ont été exécutées par Ribot vers 1863 ou 1864 pour la maison Cadart et Luquet.

Chaque panneau des *Saisons* mesure :

Haut., 1 m. 39 cent.; larg., 92 cent.

Le Goûter champêtre mesure :

Haut., 1 m. 39 cent.; larg., 1 m. 24 cent.

RICHET

(LÉON)

15 — *Après l'orage.*

L'orage est fini, le soleil commence à percer les nuages qui deviennent plus clairs. Il ne reste plus que des flaques d'eau dans la plaine et un chemin détrempé par la pluie.

Une paysanne chargée d'herbes regagne sa demeure.

Signé à droite et daté 1873.

Bois. Haut., 66 cent.; larg., 50 cent.

16 — Quatre tableaux de l'école italienne peints sur toile et représentant des sujets champêtres.

Haut., 44 cent.; larg., 36 cent.

17 — Deux tableaux de l'école italienne, peints sur toile.

Haut., 39 cent.; larg., 80 cent.

Collection de Monsieur St***

CHAPLIN

18 — *L'Oiseau favori.*

Une jeune fille rêveuse, le corsage légèrement décolleté, traverse un parterre de fleurs, une cage à la main.

D'un mouvement gracieux de la main droite, sur laquelle est posée une jolie colombe, elle relève les plis harmonieux de sa jupe d'un rose tendre.

Signé à droite.

Toile. Haut., 46 cent.; larg., 30 cent.

COROT

19 — *Marine.*

Toile. Haut., 12 cent.; larg., 24 cent.

DUPRAY

20 — *Les Officiers étrangers aux grandes manœuvres.*

Signé à gauche et daté 1881.

Bois. Haut., 32 cent.; larg., 50 cent.

DUPRÉ

(JULES)

21 — *Le Village.*

Un soleil ardent éclaire vivement les murs décrépits de quelques maisons couvertes de chaume.

Tableau d'une puissante coloration provenant de la vente Sensier.

Signé à droite.

Toile. Haut., 32 cent.; larg., 40 cent.

DUPRÉ

(JULES)

22 — *Le Pont de l'Isle-Adam.*

A gauche, un massif de verdure masquant en partie les maisons qui se trouvent à l'entrée du pont. A droite, les vieilles arches, sous lesquelles passe la rivière. Au fond, les côteaux sous un ciel bleu parsemé de nuages blancs.

Signé à gauche.

Toile. Haut., 55 cent.; larg., 45 cent.

DUPRÉ

(JULES)

23 — *Souvenir de Cayeux.*

De gros nuages roulent dans le ciel, au-dessus d'un groupe de chaumières à demi-cachées dans la verdure.

Signé à gauche.

Toile. Haut., 26 cent.; larg., 34 cent.

FROMENTIN

24 — *Le Pont.*

Étude de paysage de France provenant de la vente de l'atelier de Fromentin, sous le n° 136.
Signé à gauche des initiales.

Toile. Haut., 54 cent.; larg., 64 cent.

GUILLEMIN

25 — *Scène d'intérieur.*

Tableau provenant de la vente de l'atelier Guillemin.
Signé à droite.

Bois. Haut., 40 cent.; larg., 32 cent.

ISABEY

(E.)

26 — *Le Départ pour la pêche.*

Les voiles sont tendues sous l'effort violent du vent qui souffle de la côte et les emmène au large.
Signé à gauche et daté 76.

Bois. Haut., 27 cent.; larg., 35 cent.

ISABEY

(E.)

27 — *Barques à marée basse.*

Des barques revenues de la pêche sont échouées à l'entrée d'un petit port dont les constructions pittoresques regardent la mer.

Signé à gauche et daté 59.

Toile. Haut., 26 cent.; larg., 40 cent.

ISABEY

(E.)

28 — *Le Petit Pont.*

La mer en se retirant a découvert un petit pont qui traverse la rivière où les femmes de pêcheurs viennent laver leur linge. A droite, deux barques échouées au pied des falaises. Au fond, à l'entrée de la passe, un bateau à voiles attendant la marée.

Signé à droite et daté 55.

Toile. Haut., 30 cent.; larg., 50 cent.

JONGKIND

29 — *Vue de Hollande.*

Sur un canal, une barque de transport et un batelet. A droite, un coin de rive protégée par des piquets et plantée de saules et de peupliers. A gauche, une ancienne tour et des cabanes. Au loin, un moulin et des massifs de verdure.

Signé à gauche et daté 1869.

Toile. Haut., 22 cent.; larg., 32 cent.

JONGKIND

30 — *Canal à Dordrecht; effet de lune.*

La lune sort des nuages, éclaire tout le ciel d'une lumière douce et se reflète dans les eaux du canal.

A gauche, un chemin de halage planté d'arbres conduisant à un petit pont; à droite, une barque, et, tout au fond, les maisons de la ville.

Signé à droite et daté 1871.

Toile. Haut., 45 cent.; larg., 32 cent.

JONGKIND

31 — *Le Canal Saint-Martin, à Paris.*

Vue prise à l'intérieur, près l'ancienne barrière de la Villette, route de Flandre.

Signé à droite et daté 1875.

Bois. Haut., 23 cent.; larg., 32 cent.

JONGKIND

32 — *Dordrecht la nuit.*

Un voile lumineux enveloppe le disque plein de la lune qui rayonne au-dessus du canal où elle vient se refléter.

Des bateaux avec leurs grands mâts, une vieille tour, les maisons, la ville entière. Tout est baigné dans la lumière douce et argentée d'une nuit claire.

Signé à gauche et daté 1872.

Toile. Haut., 32 cent.; larg., 46 cent.

RIBOT

33 — *Le Déjeuner.*

Une jeune ménagère, la tête encadrée d'une étoffe blanche et vêtue d'un corsage rouge, est assise, une écuelle sur les genoux et la cuillère à la main. Son chien, posté devant elle, surveille tous ses mouvements d'un œil intelligent. A gauche, un escabeau supportant une marmite en terre rouge émaillée.

Signé à gauche.

Toile. Haut., 72 cent.; larg., 56 cent.

VEYRASSAT

34 — *Chevaux de halage.*

Deux chevaux de halage sont arrêtés au bord de la rivière, tandis que le conducteur cause avec une paysanne debout sur les marches de son habitation.

Effet de soleil.

Signé à droite.

Bois. Haut., 27 cent.; larg., 35 cent.

VOLLON

35 — *Nature morte.*

Fleurs et objets d'art se détachant sur un fond à reflets rouges.

Signé à droite.

Bois. Haut., 27 cent.; larg., 21 cent.

VOLLON

36 — *Ancien télégraphe de Fontenay-aux-Roses.*

Signé à droite et daté 75.

Bois. Haut., 21 cent.; larg., 26 cent.

RED. :

19

0 1 2 3 4 5 6 7 8 9 10

www.ingramcontent.com/pod-product-compliance
Ingram Content Group UK Ltd.
Pitfield, Milton Keynes, MK11 3LW, UK
UKHW020229180726
13838UKWH00005B/2273